CARNET DE MONTAGNE N°1

CONTES ET RECITS DES HAUTES TERRES

ISBN : 9791090960015
ISSN : 2256-7704
(ISBN 1ère édition : 9791090960008)

http://www.editions-refuge.com

LES AUTEURS ET LEURS HISTOIRES

Toutes les illustrations de la couverture et de l'intérieur sont d'Edern Cailler.

Note de l'éditeur

Merci à tous ceux qui ont participé et
soutenu la parution de ce premier
ouvrage des éditions du refuge.

Une pensée particulière à mon père Jean,
à Gilles et Isabelle, qui m'ont soufflé
un jour l'envie de faire des livres.

- 1 -

Mohamed, l'autre Roi

Aux montagnards du Haut-Atlas

Il s'appelait Mohamed, comme le jeune roi de ces terres brûlées. Mohamed vivait dans un petit cube de terre morte, à deux pas d'un arganier, aux côtés de trois chèvres et d'un petit âne gris.

Pendant longtemps, Mohamed avait chargé son baudet de bidons sales pour transporter l'eau du puits jusqu'au douar, de l'autre côté des brumes de chaleur. Il fallait faire attention en traversant la route, qui là était aussi droite que la justice d'Allah, car parfois des bus y passaient en grondant. Mohamed distinguait derrière les vitres des visages rouges ou blancs, suivant qu'ils venaient du soleil de l'Atlas ou s'y rendaient. De leur côté, les yeux de derrière les vitres distinguaient à peine le petit homme dans sa djellaba brune et l'âne croulant sous la charge.

Or, un jour, un marrakchi fortuné fit bâtir un relais routier de l'autre côté de la route, le baptisa «Paris» et donna assez de bakchichs aux chauffeurs de bus pour qu'ils s'arrêtent là à l'aller comme au retour. Les visages blancs ou rouges se firent alors plus proches pour Mohamed, qui prit soin de transporter l'eau aux heures de passage des bus. Le vieil homme découvrit assez vite que ces étranges voyageurs ne pouvaient regarder un paysage autrement qu'à travers leurs appareils photographiques. Alors un jour, au douar, il troqua ses trois chèvres contre une gandoura et un chèche bleus comme l'océan. Lui qui n'avait jamais porté que sa djellaba brune comme les murs de sa maison vint à la rencontre des bus comme un morceau de ciel descendu sur terre.

Mille fois, pensant faire là un cliché unique, des touristes pressés le photographièrent en riant grassement devant le panneau « Paris ». Mohamed souriait avec douceur et savait demander son dû la tête haute. Il n'eut alors plus à transporter l'eau triste du puits, et son âne lui en fut reconnaissant.

Un jour que le hasard m'avait déposé là, j'offris le thé à Mohamed. Il le but avec lenteur, jusqu'à ce qu'une adipeuse anglaise veuille sa part d'exotisme en lui réclamant de poser devant le panneau. Il s'y rendit de bonne grâce, puis tendit la main pour recevoir la piécette habituelle. La ronde photographe hurla alors de détresse, gronda Mohamed comme on ferait à un enfant, tonna dans la langue de Shakespeare qu'on n'allait nullement lui prendre son âme et qu'il fallait arrêter de toujours demander de l'argent pour tout. Mohamed sourit, lui servit doucement un « Merci-beaucoup-madame » qu'elle ignora, et il revint finir son thé, bredouille. Pendant qu'il le sirotait paisiblement, je bus moi la coupe jusqu'à la lie en entendant l'éducatrice du monde nouveau s'insurger devant les autres voyageurs, leur expliquant qu'il ne fallait pas cautionner «cela» sous peine de ne jamais pouvoir avoir de véritables relations avec la population d'un pays… Alors, comme pour dissiper ma honte ou la rendre plus grande encore, Mohamed se pencha vers moi et dit à voix basse :

- Tu as vu, avec ses bagues, elle a sur chaque doigt de quoi acheter mon âne et ma maison !

- Et peut-être même plus, mon bon Mohamed, peut-être même plus…

Il avait pourtant dit cela sans rancœur, simplement surpris de ne pas mériter une pièce de cuivre d'une femme portant une maison et un âne sur chaque doigt. Puis il me salua et s'en fut avec son âne gris, comme un morceau de ciel bleu sur le lequel se referme la pluie.

Allah et les djinns s'allièrent alors pour que tout bascule. La rougeaude photographe, maîtrisant mal la technologie de son trop coûteux appareil, venait d'effacer le cliché qui ne valait pas une pièce. Comme de bien entendu, elle voulut à toute force le refaire, quitte à bloquer là le bus qui se préparait à repartir. Mais la très gracieuse sujette de sa non moins gracieuse Majesté eut beau crier en agitant ses petits doigts boudinés et brillants de mille feux, Mohamed ne se retourna pas. L'heure était venue de retourner à sa djellaba brune et l'âne connaissait le chemin. Furieuse, essoufflée mais bredouille, la représentante de la perfide Albion remonta en suant dans le bus. Cherchant à partager sa stupeur, elle croisa mon regard et me lâcha un « Have you seen this ? » où pointaient pêle-mêle écœurement et incompréhension de ne pas être, ce jour là, la maîtresse des destinées du monde.

Oui, j'avais vu, tout vu. Son Excellence Mohamed, Souverain du bord des routes, Empereur de la poussière et du vent, venait avec panache de remettre à plus tard son rendez-vous avec la postérité...

- 2 -

Une saison au refuge à trois temps

DES SOUVENIRS DE LA SAISON PASSÉE,

BONS, EXCELLENTS, J'EN AI UN PLEIN SAC

Samedi 27 mai : la remontée !

Comme le berger qui retrouve sa cabane « abandonnée » six mois plus tôt, le gardien de refuge rejoint, plein de souvenirs, d'espoir et d'anxiété, sa demeure de l'été.

Des souvenirs de la saison passée, bons, excellents, j'en ai un plein sac. C'est peut-être eux qui me pèsent aujourd'hui dans cette dernière montée, alors que le printemps particulièrement neigeux a apporté son lot de coulées dont la plus importante impose de passer un nouveau col inexistant d'habitude.

Je m'approche du refuge presque fébrilement. Bien sûr, j'y suis monté cet hiver et plus tôt ce printemps, afin de jouir de cette bâtisse chaleureuse en pleine montagne. Entre copains. Sans pression. Juste pour du spectacle montagnard lorsque chaque être vivant se bat pour survivre et prépare, calfeutré, la renaissance printanière.

Mais aujourd'hui, le goût de l'arrivée est différent. Je ne viens plus en spectateur mais bien en tant qu'acteur de ce milieu fascinant. Et des questions très matérielles me préoccupent : le tuyau d'eau est-il visible ? Les panneaux solaires sont-ils opérationnels ? Et le téléphone ? Faudra-t-il encore s'abîmer l'ouïe en tentant de saisir les paroles à l'autre bout du fil ?

Heureusement, un autre événement me distrait de ces angoisses d'avant saison. C'est la première montée de mon jeune chien qui, à tout juste cinq mois, est particulièrement excité dès qu'il se trouve dans la neige. Mon nouveau compagnon découvre un peu craintif sa nouvelle maison. Il hume, de pièce en pièce, les odeurs de ce lieu dans lequel il passera à mes côtés quatre mois. Sa soif de découverte se mêle à une certaine retenue que quelques couinements indiquent lors des premières minutes.

Enfin installé et rassuré par la résistance de cet abri d'altitude, les souvenirs de l'année passée, les meilleurs, se réveillent en moi alors que je prépare seul le premier repas du soir. La cuisine, encore sombre à cause de la neige qui obstrue encore pour quelques jours les fenêtres, se réveille timidement dans la lumière blafarde des néons encore froids, donnant une couleur jaunâtre de vieille photographie favorable à un retour en arrière. Les rigolades entre amis, les animations festives et leur cortège d'anecdotes me reviennent par touches nostalgiques. Sans compter tous ces moments échangés avec les randonneurs arrivés d'un peu partout sur Terre, parfois totalement déboussolés…

Mais, ouverture de la pêche oblige, les pêcheurs me ramènent finalement à cette réalité du dernier week-end de mai. Leurs préoccupations du moment sont bien plus simples et à la fois fondamentales : la petite partie dégelée de l'étang va-t-elle leur permettre à tous de vivre leur passion, et si possible un peu plus que le voisin ?!…

Vendredi 18 juin : dans le rythme

En ce jour anniversaire, date capitale dans l'histoire de France du XXème siècle, je profite du calme de l'avant week-end pour écrire quelques lignes.

Cela fait maintenant plus de trois semaines que le refuge est ouvert. Les automatismes acquis la saison passée se sont remis en place, le sourire est plus marqué. La neige, particulièrement abondante ce printemps, n'est plus que peau de chagrin autour du refuge. Les désagréments occasionnés par sa présence presque oppressante ne sont plus que souvenirs. Observé par le prisme nouveau de l'explosion printanière, tout se réveille, tout devient beau !

Bien sûr, il reste quelques soucis : le frigo est en panne et le mitigeur de douche toujours hors service. Mais l'enthousiasme et l'attente des grosses affluences sont maintenant véritablement d'actualité. Et puis mes comparses du refuge sont remontés. Sylvain, aussi efficace qu'Hercule dans les écuries d'Augias, se démène à l'intérieur du refuge, dans la salle commune, les dortoirs, les douches, sur la terrasse, dans les toilettes... Tout doit être impeccable ! Grâce à sa dernière trouvaille, une double canalisation naturelle évacuant l'eau de fonte, nous avons pris notre premier petit-déjeuner sur la terrasse, synonyme de fin d'hiver au refuge. Ici, l'hiver dure en moyenne du début du mois de décembre au début du mois de juin. Puis le printemps, pressé de dévoiler tous ses atours, s'expose jusqu'à la mi-juillet. L'été, moment de plénitude et d'apaisement, dure un bon mois jusqu'au début du mois de septembre. Les premières gelées régulières, finissant de griller l'herbe et de faire rougir les myrtilliers, annoncent un automne souvent nommé « été indien ». C'est à une symphonie de lumière et de couleurs que nous assistons tout au long de notre présence au refuge. Le vert d'abord pétard du printemps puis plus profond de l'été, laisse la place à toute la palette du jaunâtre au rouge automnal.

Les jours de mauvais temps, les parties de fléchettes alternent avec la recherche de nouvelles recettes. Tels des ingénieurs, nous testons ingrédients et temps de cuisson. Juju me tend régulièrement avec fierté et théâtralité une cuillère remplie de son dernier chef d'œuvre culinaire et me dit : « Goûte ! ». Et c'est une énième réussite gustative, la reconstitution d'un coin du paradis des épices et l'occasion d'un nouveau repas entre amis et comparses randonneurs.

Je ressens à nouveau cette grande force intérieure qui m'habitait l'année dernière au plus fort de la saison. Dehors, les pipits s'égosillent. L'isard et la marmotte s'habituent peu à peu à la présence de mon chien qui fait l'unanimité autour de lui. Il est « aimable », comme le disent les randonneurs, d'abord surpris de rencontrer un chien dans cet espace protégé puis séduits par sa joie de vivre et son regard « intelligent ». « Tu as le même regard que lui ! » m'ont souvent lancé avec malice les amis montés nous voir... Et puis il écoute, reste à proximité immédiate du refuge et ne m'a obligé qu'à une descente dans la vallée pour le récupérer. Bien sûr, c'était un samedi et le refuge était complet. Mais la colère donne des ailes et malgré le sol humide, l'aller retour jusqu'au parking avait été effectué à un rythme soutenu. A la remontée, puni, il ne m'avait pas lâché d'un millimètre, même en vue de la neige. A l'approche du refuge, un câlin et une série de boules de neige levaient finalement la punition.

En ce jour d'écriture, le soleil magnifie un ciel bleu limpide, presque sans vent. Le paradis est de retour au refuge et je suis fier d'en faire partie !

Lundi 13 septembre : fin de saison

Il y a un an, jour pour jour, la « nuit des contes » organisée au refuge rassemblait plus de 80 personnes venues jouir d'instants rares en altitude : un vrai succès et beaucoup de copains !

Aujourd'hui, sept personnes ont passé la

nuit au refuge. Arrivés dans la brume en fin d'après-midi, ils se sont réveillés par un grand ciel limpide dans lequel la planète Vénus jouait les starlettes !

Ma seconde saison se termine tranquillement après la grosse affluence des vacances d'été durant laquelle la vie « hors refuge » n'existe plus. Nous en avons fait la cruelle expérience avec ma compagne puisque notre relation n'a pas tenu le choc de la séparation estivale. Je craignais que les fondations ne soient pas assez solides et j'avais malheureusement raison... Trop neuf, trop frais, trop tendre. Une certaine lassitude sentimentale m'envahit...

Heureusement, c'est le Mont Blanc qui se profile. Avec Thibaut et Sylvain, nous avons décidé de nous éloigner quelques jours de nos montagnes pour gravir les 4 807 mètres du toit des Alpes. Du coup, Juju reprend du service, toujours présent quand on a besoin de lui !

Cette seconde saison aura été principalement marquée par notre complémentarité et notre complicité, Sylvain, Juju et moi. C'est pour moi la grande satisfaction de l'aventure. Le talent de Juju en cuisine et le professionnalisme de Sylvain dans la gestion ont contribué à l'amélioration de notre accueil au refuge. Et la confiance que j'ai pu placer en eux représente un socle inestimable pour la saison prochaine.

Néanmoins, il me semble aujourd'hui que j'ai fait « le tour » de la fonction de gardien de refuge, la clientèle étant de moins en moins éduquée à la vie en montagne et réclamant des prestations équivalentes à celles qu'elle trouve « en bas » dans la vallée ou en hiver dans les restaurants des stations de ski. Ainsi, de plus en plus de randonneurs consomment la montagne sans humilité, reproduisant les habitudes urbaines ou péri-urbaines du « tout, tout de suite » ! Le décalage entre notre façon de vivre et la leur me pèse de plus en plus, et j'ai d'ores et déjà décidé que la saison prochaine serait ma dernière en tant que gérant du refuge. D'autres aventures montagnardes se dérouleront certainement. Et même si je râle parfois de ma situation au refuge, je sais que cette période restera gravée en moi, les mutations qu'elle y a engendrées étant fondamentales et exceptionnelles !

- 3 -

Une nuit de plus

L'ami Georges l'avait regardé de travers, comme on regarde un chien supposé hargneux. Sauf que ce n'était pas un chien mais un homme.

Mais que veux-tu, différent, cet homme. Pas vraiment la taille, la couleur ou la démarche, seulement l'allure quoi, la tignasse trop longue et quelque chose de pas local. Georges est ainsi : brave homme, mais du genre à préférer un chien, même hargneux, à un étranger.

Et l'étranger commence vite chez Georges. Juste derrière le rocher gris, là où le chemin bascule vers la vallée. Dans ce monde hostile, il n'y a guère que la maison de la vieille Mathy, sa maman, le café aux heures tranquilles du matin, ou les copains de la société de chasse pour le rassurer. Alors, de tout temps, il a préféré la compagnie des bêtes.

L'homme-chien bafouilla un bonjour et posa sa question :

- Vous ne savez pas où on peut dormir ?

Ils étaient deux, l'ombre avait rendu l'autre. C'était une fille, peut-être assez jolie mais empêtrée dans des fringues trop grandes et crasseuses. De la ferraille lui pendait au nez, comme fait exprès pour irriter mon Georges. Le seul territoire humain où il pouvait se sentir à l'aise était celui de son enfance. En ce temps-là, lui semblait-il, les filles sentaient l'eau de Cologne, portaient des jupes fleuries et les anneaux n'étaient passés que dans le nez des taureaux récalcitrants. Alors la réponse était tombée comme une hache sur le billot.

- C'est pas un hôtel ici. Faut voir plus loin.

Plus loin, où ? La piste mal pavée ? Le hameau en ruines ? La forêt ? Depuis cette cabane pastorale, « plus loin » n'était pas à moins de dix bornes et leurs épaules étaient sciées par les mauvaises bretelles des sacs à dos. Quand bien même, ces deux-là n'avaient pas un sou vaillant, rien qui puisse payer une chambre et une soupe chaude. « Plus loin », ça voulait dire « dégage ».

L'autre ne baissa pas les yeux. Peut-être y eut-il même un peu de rage. Je ne saurais le dire, j'étais au fond de la cabane. La fille posa sa main sur le bras de l'homme, et ils partirent s'abriter à cinquante pas de là, sous la roche que semblait soulever un sorbier malingre. En rentrant dans sa tanière enfumée, Georges grogna comme son vieil ennemi l'ours.

Il ne fallait pas traîner, je n'avais pas tourné autour du pot.

- Tu montes à l'étang d'Artax demain ?

Il n'avait rien répondu qui puisse ressembler à une phrase, il avait juste agacé les braises du feu et balancé dedans un lourd crachat. Je pouvais me taire : l'histoire devait continuer dans sa tête…

C'est qu'on raconte qu'autrefois, il y a si longtemps que je ne saurais vous dire quand, la combe d'Artax, au-dessus du vallon de Gourbit, ne gardait pas plus d'eau que le creux de ma main. Seuls des bergers y montaient pour l'estive, peut-être trois ou quatre, on ne sait pas vraiment.

Or, un soir de pluie froide, comme ils tentaient de se chauffer devant un feu de bois vert, on cogna à la porte. On n'était guère habitué aux visites à ces hauteurs-là et il fallut du temps avant que l'on aille ouvrir. Dégoulinant de flotte, de pauvres types se tenaient devant la cabane, la mine basse.

- C'est pour quoi ? avait grogné le pâtre.

Quand on vient frapper à ta porte un soir de pluie, à vingt lieux de tout village, c'est rarement pour te vendre un calendrier des Postes. La seule façon d'être dans une situation comme celle-là était de s'effacer et de se hâter de faire entrer les étrangers de la nuit. En restant en travers du passage, le berger leur disait son rejet.

L'un des deux essaya de parlementer, d'expliquer, de supplier peut-être. Nul ne le sait vraiment, la pluie cognait trop fort sur la roche des murs. Le second avait un regard triste, il posa doucement sa main sur l'épaule de son compagnon et tous deux s'en furent.

La légende dit que cette même nuit, un orage d'apocalypse entraîna la cabane dans des gouffres inconnus, et que tant d'eaux ruisselèrent des montagnes que la combe fut transformée en lac. Les vieux disent que c'est ainsi que fut créé l'étang d'Artax, et qu'y puis-je si certains les prennent pour des fous ?

Georges gardait le front bas, la mine sombre. Ça devait sacrément bouillonner sous son crâne. Je finis l'histoire à haute voix.

Il paraît que c'était Saint Pierre et Jésus qui voyageaient, déguisés en mendiants. Enfin ce que j'en dis, moi…

Je me disais que c'était là un drôle de Christ et un piteux apôtre en vérité, capables de noyer quatre pauvres types un peu mal embouchés pour leur faire payer leur manque d'hospitalité ! Peut-être n'était-ce au fond que deux vieux esprits de la montagne, d'antiques dieux aux mœurs un peu sauvages. Mais dans le territoire d'enfance de mon Georges, il y avait aussi les bancs cirés de l'église et le respect sacralisé des fils de Palestine. Alors je les laissais aller dans cette terrible légende.

Un coup de tonnerre ébranla les murs de la cabane et la pluie, violente et soudaine, martela le toit de tôle. Georges gronda encore, à mi-chemin entre l'homme et la bête, puis ouvrit la porte à la volée et plongea dehors. L'instant d'après ils furent là tous les trois, trempés comme des soupes, aussi maladroits et empêtrés d'eux-mêmes qu'un troupeau de zébus sur une patinoire.

Les habits fumaient devant le feu, le garçon jouait de l'harmonica, la fille était belle et Georges, l'ami Georges, affairé comme une mère poule, tentait de bricoler un vin chaud. Là-haut, sans colère divine, la pluie faisait des claquettes et le tonnerre chantait du blues.

Nous avions gagné le droit de vivre une nuit de plus. Une belle nuit.

- 4 -

Avalanche !

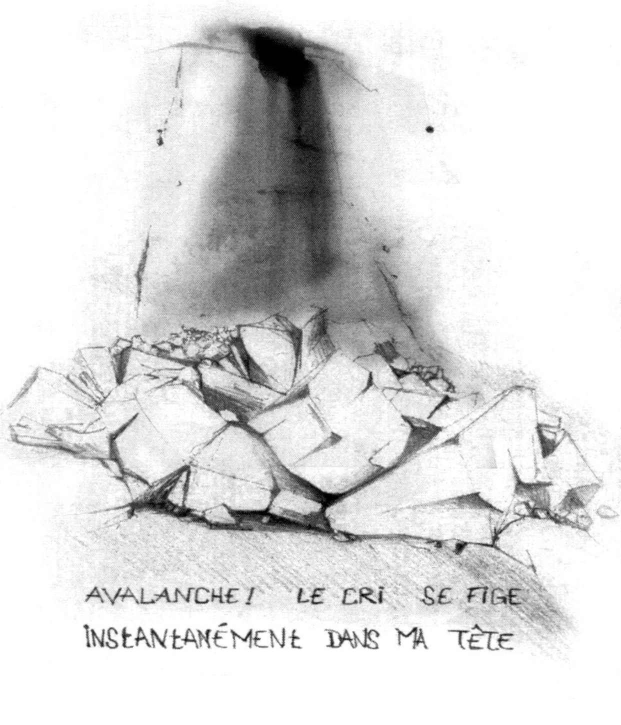

Le cri se fige instantanément dans ma tête. Pendant une demi-seconde, je me refuse à comprendre la situation. Puis je perçois presque en même temps la cassure visible un peu plus haut sur ma gauche, la vitesse qui s'accélère et la neige qui se déforme sous mes skis. Je me retrouve projeté la tête en avant. La neige m'enveloppe sans ménagement tandis que je me prépare à sauter la barre rocheuse que je sais juste en dessous dans l'axe de la pente. Le plongeon est inévitable et je me crispe au moment de la chute en espérant ne pas percuter de bloc rocheux. La vitesse (comme pour un sauteur à ski), la neige (qui agit comme un matelas protecteur) et peut-être mon sac bien calé dans mon dos m'évitent un atterrissage trop douloureux malgré la quantité de neige qui s'écroule sur moi. Mais le soulagement est de courte durée car la descente se poursuit inexorablement. Mes skis, toujours attachés à mes pieds, agissent comme une ancre et je « coule » progressivement. Dans un dernier sursaut avant l'arrêt définitif de la coulée, je ramène ma main droite près de mon visage avant que le « ciment » qui m'entoure ne m'immobilise totalement.

Le silence. Il s'installe simplement, uniquement parasité par quelques grognements sourds mais insistants, mélange de peur et d'adrénaline que je produis et que je suis le seul à percevoir. Je tente d'abord de remuer mais sans résultat. Ma respiration est très difficile et je m'en veux de ne pas avoir réussi à tenir mes mâchoires serrées durant l'avalanche. Aussi, un bouchon de neige s'est formé dans ma bouche et la neige affleure au niveau de mon nez. Après ces instants de lutte et de tension, je tente de retrouver un semblant de calme dans cet univers nouveau et effrayant. Ma respiration ralentit enfin.

Mes tentatives pour approcher la main droite auprès de mon visage restent vaines car aucun espace ne peut être libéré de cette gangue de neige compactée. Je suis prisonnier.

Pourtant, rien ne devait assombrir notre escapade montagnarde. Nous étions partis pour deux jours loin des soucis de la vallée, simplement heureux d'être ensemble tous les trois pour profiter d'une belle course à ski entre copains, sans le stress lié aux groupes que l'on accompagne toute l'année à la montagne. Depuis le matin, nous avions skié de concert, approfondissant notre amitié née quelques années plus tôt alors que nous préparions le diplôme d'Accompagnateur en Montagne. Nous étions sereins, nous faisant mutuellement confiance, rassurés de cette « cordée » que nous formions régulièrement. Nous observions avec amusement les jeux de mon chien Picou qui, galopant autour de nous, attrapait les petits résidus de neige détachés par nos skis et dévalant la pente. A chaque arrêt, il jappait d'impatience et exultait dès qu'une descente se profilait... Nous étions seuls et heureux dans notre monde.

Bien sûr, le changement de la neige en face nord et sa « mauvaise » consistance sous le col nous avaient interpellés. Nous avions préféré remonter un petit couloir assez raide pour éviter de passer en traversée sur la couche de neige bloquée entre une barre rocheuse et la crête. Mes amis avaient alors manifesté de la retenue. Pour ma part, je rêvassais aux futures sorties qu'une forme physique retrouvée rapidement, après des mois compliqués, me permettait d'envisager à nouveau. Je regoûtais à ces sensations tellement plaisantes : maîtriser un effort et sentir une harmonie entre le corps et la tête, les poumons et les muscles dans une sorte de jouissance intérieure. Je suivais mes comparses sans trop me préoccuper de la neige, de la pente, libéré du poids du quotidien, les soucis maintenus en bas comme la brume figée l'hiver dans les fonds de vallées plus froids que les hautes crêtes longtemps ensoleillées.

Le début de la journée s'était déroulé agréablement pour des amoureux de ski de randonnée. Certes, nous avions porté les skis sur le dos durant la première heure. Au moment du repas, nous étions déjà bien au-dessus de la limite skiable, blottis près d'un groupe d'orris, ces anciennes cabanes de bergers en pierre sèche et en forme d'igloo qui témoignent encore aujourd'hui de la longue histoire pastorale de nos montagnes. Le repas englouti et la sieste passée, nous avions rejoint l'étang, où la forte chaleur renvoyée par le cirque s'opposait à la température du vallon, balayé par un vent glacial…

Sous la neige, j'analyse très rapidement et sans appréhension particulière les différentes issues possibles. A quoi attribuer cette lucidité presque mécanique ? Peut-être au silence qui laisse au repos le sens auditif et autorise une concentration accrue de la pensée ; peut-être aussi à cette neige froide qui, envelop-pante, me « protège » de tous errements ; peut-être surtout à ma difficulté pour respirer, m'imposant un regard lucide sur la suite des événements :

Sylvain, parti le premier dans la pente, a certainement été absorbé par la coulée de neige. Anoura était au dessus de moi, sous le col, en train d'attacher ses skis à ses pieds. Comme je n'ai pas pu me retourner suffisamment durant ma chute, j'ignore ce qu'il est devenu. L'équation est bien simple : soit la cassure s'est effectuée au dessus de lui et nous sommes tous les trois bloqués dans l'avalanche, soit il s'est retrouvé au dessus de la cassure et il va venir nous sortir de l'avalanche !

A ma grande surprise, je me surprends à envisager la mort sans apitoiement. C'est certainement ces quelques fractions de seconde que je conserverai le plus longtemps en mémoire. Loin de penser à tous ceux qui subiront la tristesse de ma disparition, j'imagine la fin comme le résultat d'une erreur, balayant tout sentiment, complètement détaché de toute peur liée à l'« après-vie ».

Comment analyser cette pensée : protection psychique ou renoncement volontaire ? Je m'interroge toujours aujourd'hui sur cette sensation que je n'avais jamais ressentie : la mort comme une évidence.

Le temps passe presque agréablement dans une sorte de rêve indescriptible, lorsque j'entends très loin de moi les premiers sons venant de la surface. Anoura, qui crie pour me faire réagir, a déjà commencé à me dégager et je sors lentement de ma léthargie, sans soulagement. Au contraire, les contorsions que je dois fournir pour faciliter sa tâche sont presque désagréables ! Après un dernier effort pour sortir mon sac à dos, il m'aide enfin à me relever. Je me retrouve debout, regardant vers Sylvain qui se réchauffe un peu plus bas au soleil. Nous sommes tous les trois vivants. Je ne me rends pas compte du temps que j'ai passé sous le mètre de neige qui me recouvrait. Je bafouille quelques bribes de mots pour savoir où se trouve mon chien, d'habitude toujours près de moi. Bien plus tard, Anoura me racontera ses recherches, le gros quart d'heure qu'a duré l'ensevelissement, ma lenteur à réagir, ma pâleur, le froid de ma peau et sa peur concernant mon état.

Je titube et retrouve Sylvain au niveau du petit poste de secours avancé que nous confectionne avec soin Anoura. Couverture de survie et matelas autogonflant nous servent de siège et nous protègent de l'humidité et du froid. Les sacs à dos sont placés pour soutenir le haut de nos dos et nos têtes. Les duvets, doudounes et autres vêtements nous recouvrent. Anoura s'active toujours, remonte chercher ses skis abandonnés près du trou de Sylvain, nous place des chaufferettes dans nos vêtements, récupère mon téléphone portable et mes clefs de voiture. Il part prévenir les secours et nous promet de faire attention dans la descente, à la recherche d'un lieu où capter un réseau téléphonique. Il nous quitte après un dernier petit mot et un regard grave.

Je grelotte à en faire trembler la montagne ! Dans cet effort tout intérieur, je me concentre sur ma température corporelle et ne parle pas. Sylvain, me demande régulièrement si je vais bien et tente même quelques plaisanteries pour me faire réagir. Bien que souffrant aux côtes et au dos, il n'a pas froid et semble en meilleure forme que moi. Il n'imagine pas que mon mutisme vient principalement de la détresse que je ressens concernant la perte de mon chien. Certainement tout prêt de nous mais inaccessible sous la neige, je m'en veux de ne pouvoir rien tenter dans mon état pour le retrouver. La boule qui se noue en moi au fur et à mesure que mon corps se réchauffe constitue le second ressenti que je garderai très longtemps en moi : être couché à grelotter si près de mon chien en train de mourir sous la neige à quelques mètres. Plus tard, je ferai la part des choses et admettrai volontiers que la perte de Picou constitue un « moindre » mal. Si Sylvain n'avait pu être localisé à cause d'une panne d'ARVA(1) ou gravement blessé par le saut de la barre, dans quel état d'esprit me trouverais-je aujourd'hui ?

(1) Appareil de Recherche Victime Avalanche

Mais bientôt, l'adrénaline s'estompe pour Sylvain qui souffre de plus en plus. Nos états s'inversent et mon corps réchauffé m'autorise enfin une action pour améliorer notre situation. Je me lève et repositionne le sac à dos de Sylvain pour qu'il souffre moins.

Le soleil nous a quittés depuis longtemps maintenant. Il est 19h30 et les nuages, d'abord distants, entrent en scène vigoureusement et prennent possession des lieux. Ils s'accrochent aux sommets et les possibilités de survol de la zone où nous sommes s'amenuisent rapidement. De plus en plus sceptiques sur un possible secours aérien, nous décidons de nous préparer à passer la nuit ici, à près de 2 300 m d'altitude. Le vent s'est renforcé avec l'arrivée des nuages et la température est descendue sensiblement. Je tente alors de creuser un trou dans la neige avec ma pelle en aluminium. Sous quarante centimètres de neige facile à déplacer, je tombe sur la couche de neige glacée qui a servi tout à l'heure de plan de glissement à la plaque qui nous a entraînés. Mon dos me fait souffrir et mon rendement est médiocre. Malgré les encouragements de Sylvain, je ne réussis pas à perforer cette croûte glacée et renonce rapidement. Le vent se renforçant encore, je propose un repli vers les orris situés plus bas. Ainsi à l'abri du vent, nous pourrions passer la nuit au sec en attendant le jour et l'arrivée probable des secours. Sylvain grimace mais réussit à se lever. Je fourre les duvets dans le sac d'Anoura et le tends à Sylvain qui l'accepte sans enthousiasme, le dos ravagé par la douleur.

Sylvain débute la descente tandis que je récupère le maximum d'affaires dans mon sac. Je regarde une dernière fois l'avalanche. De la cassure, qui mesure plus de cent mètres de large là-haut sous le col, à mes pieds, ce sont près de quatre cents mètres que nous avons dévalé. Je tente une dernière fois d'apercevoir sans grand espoir un signe de vie de mon chien puis tourne dans un sanglot le dos à cet accident. Les nuages se densifiant, c'est dans le jour blanc que je suis les traces de Sylvain. Tout à coup, un bruit de moteur et le frottement des pales dans l'air nous annoncent l'approche de l'hélicoptère du Peloton de Gendarmerie de Haute Montagne. Nous sommes avant tout rassurés pour Anoura. Il doit maintenant être en sécurité en bas.

Comme nous le supposions, l'hélicoptère lutte pour monter à notre niveau, slalomant entre les nuages. Il parvient finalement à poser un secouriste que nous connaissons. Pierre, le maître-chien, nous salue en nous observant. Ce même Pierre, quelques années plus tôt, m'avait demandé au refuge si je ne voulais pas faire de Picou, alors âgé de six mois, un chien d'avalanche. « Joueur et obéissant, il semble avoir toutes les qualités pour suivre la formation », m'avait-il dit à l'époque. J'avais alors décliné l'offre, ne souhaitant pas pour ma part suivre ce cursus…

Après un état des lieux rapides, Pierre aide Sylvain à enfiler la « couche » qui va lui permettre d'être hélitreuillé. A peine Sylvain dans l'appareil, celui-ci s'échappe de justesse avant d'être complètement cerné par les nuages. Pierre me demande alors si je vais bien. Je lui apprends la disparition de Picou. Sentant que je me laisse un peu aller, Pierre, d'un ton à la fois sec et plein de compassion, me réveille de cette phrase : « Eh bien, ton chien est mort aujourd'hui et vous êtes deux miraculés ! ». Ce coup de fouet me stimule immédiatement. Ce n'est effectivement pas le temps des remords et le sauvetage doit se poursuivre. En effet, l'hélicoptère annonce qu'il ne peut plus remonter à notre hauteur et nous devons descendre à pied. Nous entamons la descente dans le couloir sous le déversoir de l'étang. Au bout de quelques minutes, nous passons sous les nuages. L'hélicoptère surgit à nouveau et je m'équipe à mon tour pour l'hélitreuillage et monte enfin dans l'appareil qui fuit cette zone devenant chaque minute plus dangereuse.

Peu après notre entrée aux urgences du centre hospitalier, je téléphone à mes parents et m'effondre complètement en leur annonçant la disparition de Picou. Car si j'étais son « maître », il passait plus de temps chez mes parents, dès que mes déplacements ne me permettaient pas de l'emmener avec moi. Il faisait partie de la famille et avait par sa présence institué des habitudes pour mes parents : balade du matin, promenade l'après-midi, repas copieux qui faisaient souvent rire mes amis quand j'énonçais le « menu » préparé pour Picou par ma mère ! Toute une attention affective qui équilibrait nos vies, me faisant régulièrement réfléchir à la dépendance de l'homme par rapport à son animal de compagnie : qui promène qui ?

Au bout de quelques jours, nous sommes à peu près « retapés » physiquement malgré des blessures plus importantes pour Sylvain. Anoura, notre ange gardien, nous soutient, et reçoit les remerciements émus de nos familles et amis. Les cauchemars que certains nous prédisaient ne sont pas trop fréquents, et la parole autant que l'écriture nous ont permis d'exorciser au mieux cette aventure. Bref, la vie continue.

Néanmoins, et malgré le poids du quotidien et les petites tensions inutiles qui caractérisent les relations humaines, tout est différent. J'ai fait mienne l'expression « On est peu de chose ! » car je ne peux plus ignorer notre fragilité d'Homme, notre situation précaire d'être vivant. Et malgré mon caractère bien trempé, j'essaie de relativiser mes actions et celles des autres en profitant au mieux des petits et grands bonheurs que j'ai la chance de connaître. Le monde dans lequel nous vivons ne me plaît pas, l'argent et la violence dictant trop souvent les comportements de l'être humain. Heureusement, l'amitié, la solidarité et l'Amour forment une protection moelleuse contre la déprime et le découragement. Et le jeune « Tondo », 4 mois, va bientôt découvrir la neige. Jappera, ne jappera pas ?...

- 5 -

L'ours et la renarde

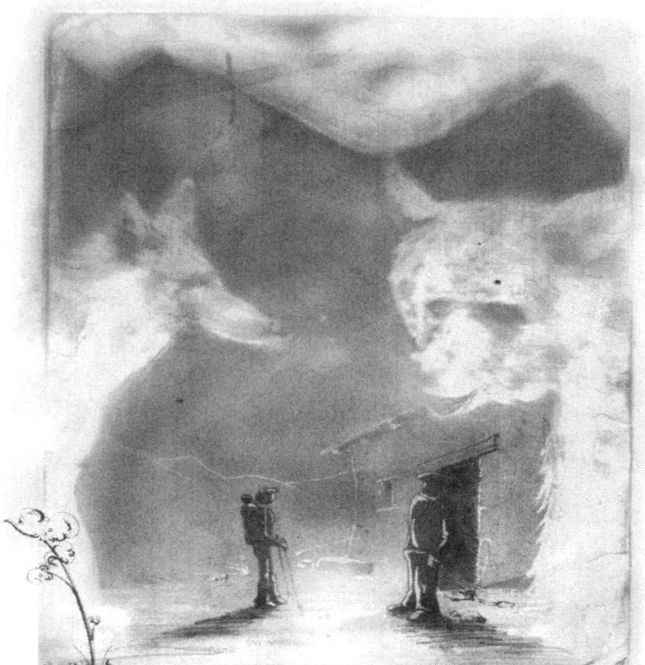

DES DENTS DE RENARD PENSA-T-IL
EN S'OCCUPANT FAUSSEMENT SUR LE PAS DE LA PORTE

Le jeudi 17 juin au matin, les autorités sanitaires confirmèrent au gouvernement que l'*Exfolia Alpina* pouvait être fatale à l'homme. Cette plante hybride, encore inconnue quelques mois auparavant, s'était répandue sur tous les massifs montagneux sans que l'on sache expliquer pourquoi. La mort de quelques vaches avait bien inquiété les experts, mais c'est finalement le décès du caniche nain d'un vacancier néerlandais qui avait bouleversé l'opinion. Considérant qu'il ne fallait pas laisser déraper l'affaire à six mois des élections, le Président ordonna la clôture de la zone à risque soit peu ou prou tout ce qui se trouvait au delà de mille cinq cents mètres d'altitude- et qu'elle serait effective jusqu'à nouvel ordre. Les bergers durent renoncer à leurs moutons égarés, on hélitreuilla sans ménagement une trentaine de cordées d'alpinistes et on mit fin à la cueillette des mûres sauvages. Ayant la garantie que le théâtre des opérations avait été totalement évacué, le général en chef Gérald Edouard de Lamortaise fit prendre position à l'armée sur les routes de montagne et le samedi 19 en fin de journée, le grand silence des origines revint sur les sommets.

Quand l'ombre du pic Desparels fut sur lui, Evariste Vergé fouilla le paysage aux jumelles. D'ordinaire, les derniers retardataires étaient en vue à cette heure là. Il savait d'expérience que le ventre faisait accélérer le randonneur plus sûrement que les jambes. En ces lieux de grandes solitudes, la peur de louper le repas donnait du rythme aux plus lents. Il fouilla les pentes, le bosquet de pins, le bord du lac, mais ne vit rien et poussa un soupir désabusé. La daube qui mijotait depuis trois jours allait lui rester sur les bras : il n'avait pas vu l'ombre d'un marcheur depuis le jeudi précédent, et si aucun ne venait il faudrait l'offrir aux renards. Il allait abandonner sa quête quand une silhouette humaine se détacha sur le ciel mauve. Il observa, jaugea le poids du sac, l'allure, le tombé des chaussettes, le galbe du jarret et grogna de satisfaction : c'était une randonneuse au long cours, elle voudrait manger. En se frottant les mains, il s'en fut à ses fourneaux pour redonner espoir à sa daube.

Le refuge d'Espélugue était agrippé à la pente depuis 1886, gardé et ouvert aux randonneurs depuis plus de trente ans, mais son existence légale avait été engloutie dans un marais de l'administration. Cette anomalie technique faisait qu'il n'apparaissait nulle part sur les données informatisées du général de Lamortaise. C'était donc en toute bonne foi qu'un bataillon de chasseurs alpins avait coupé du monde son gardien Evariste Vergé, sans que ce dernier ne puisse s'en douter un seul instant.

De la détresse des premiers jours elle avait fait une façon de vivre. Le dégoût des hommes, qui l'avait conduite à vouloir traverser en solitaire les Pyrénées, s'était mué au fil du temps en véritable plaisir. Marcher - et marcher seule - avait renvoyé son chagrin d'amour au rang des vieilleries depuis déjà quinze jours. Elle continuait à présent pour le plaisir, pour arriver jusqu'à la mer, pour ne pas rompre le fil. Cette randonnée au long cours n'était pas en soi une nouveauté, mais l'acharnement qu'elle mettait à ne pas descendre dans la vallée rendait la chose plutôt rude. Il fallait se contenter de peu, oser les plantes sauvages, plonger nue dans les ruisseaux glacés et offrir son dos à quelques pierres rugueuses quand venait la nuit. Alors, forcément, la vue d'un refuge et ses promesses de soupe chaude lui faisaient chaud au cœur. Elle allongea un peu la foulée et plongea franchement vers Espélugue en coupant dans les bruyères rousses.

- Si vous en voulez encore, il y a du rab.

La marmite entre les pognes, il se dandinait d'un pied sur l'autre comme si quelque gitane l'accompagnait au son d'un tambourin. Il était de cette catégorie de gardiens de refuges réchappée du déluge, si grossièrement taillé, si rugueusement bâti, qu'on le croyait intégré au programme de réintroduction des ours dans le massif. D'ordinaire il parlait peu et essentiellement en grognements : la méthode avait fait ses preuves pour canaliser et éduquer les randonneurs qui venaient jusqu'à lui.

Elle rougit légèrement. Son échec amoureux lui avait fait haïr l'arrondi de ses hanches, mais un bon mois de marche et de privations lui avait fait retrouver un corps de liane. Elle savait aussi que l'opportunité d'un repas chaud ne se représenterait peut-être pas avant quelques jours. Le fondant du bœuf l'emporta sur la crainte des graisses et elle tendit son assiette.

- C'est dommage qu'il n'y ait pas plus de monde pour profiter de votre cuisine.

Elle mentait. Cette salle à manger qui sonnait vide lui allait parfaitement bien. A marcher seule, on perd le goût de la compagnie des hommes.

- Oui, c'est dommage, il y en avait pour trente.

Lui aussi mentait. Au fond il aimait les renards plus que les arpenteurs de chemins et les guettait avec tendresse quand ils venaient chaparder les reliefs de repas. Les goupils seraient heureux les jours prochains et cela lui allait bien.

Ce fut le chahut de la pluie sur le toit qui les réveilla, elle étalée dans les bat-flancs désertés, lui roulé en boule dans son logement exigu. Il lui porta précautionneusement un bol fumant alors qu'elle bouclait son sac.

- Vous allez vous mouiller alors ?

Il regretta immédiatement son interrogation, se trouvant balourd. Elle aspira le thé chaud en le regardant du coin de l'œil. Au fond elle ne connaissait pas cette race d'hommes. La vie ne lui avait glissé dans les pattes que des paons faisant la roue, des oiseaux de basse-cour, plumes vives et grands caquets. A bien y réfléchir, c'était la première fois qu'elle côtoyait un ours. La veille, après l'épisode de la daube, il avait allumé un feu puis prétexté de la vaisselle pour s'éclipser. Deux assiettes à laver, tu parles... Elle avait aimé cette flambée pour elle seule, mais aussi le respect de sa solitude. Le thé brûlant chauffa ses mains, ses joues, puis son âme. Elle releva la tête et sourit à pleines dents.

« Des dents de renard » pensa t-il en s'occupant faussement sur le pas de la porte. Des dents devant lesquelles voletaient les mèches rousses bousculées par le vent. « C'est ça, une renarde... » L'évidence de la découverte lui mit le rouge aux joues et il fut heureux d'avoir une barbe pour les cacher.

« Rien ne presse », dirent les yeux de l'ours. « Personne ne m'attend », répondirent ceux de la renarde. Le bol était vide, il en proposa un autre. Elle accepta en enlevant sa veste. Le poêle ronfla et ils furent deux à écouter la pluie mourir sur le vieux toit de tôle.

Huit jours passèrent comme si de rien n'était. Ils avaient tous deux leur liturgie bien réglée. Chaque soir l'ours fouillait le chemin aux jumelles pour tenter d'y débusquer des randonneurs et faisait semblant de se plaindre de leur absence. Chaque matin la renarde préparait son sac puis renonçait à suivre ce même chemin, parfois à cause de la pluie, parfois à cause du soleil. Le reste de leurs journées était joyeusement improvisé. L'ours passait et repassait sur la terrasse quand elle y lisait, jambes nues ; la renarde frappait à chaque instant à la porte de la cuisine pour demander une foule d'innocentes et inutiles choses. Huit jours où ils apprirent le désir tout simple de la présence de l'autre.

Puis il y eut le téléphone.

Une sonnerie aigre et violente, à l'ancienne, comme le marteau d'un lutin hystérique sur une cloche fêlée. L'ours hésita à décrocher, parla peu et écouta, sourcils froncés. La renarde regardait ailleurs. Elle tremblait.

- Ils ont dit que la montagne était bloquée.

Il répéta à trois reprises cette phrase improbable, comme pour essayer de la comprendre.

- C'est pour cela qu'il n'y avait personne...

Il pensa un instant aux daubes abandonnées aux renards et fut heureux pour eux.

- Pourquoi ?

- Ils ont dit que c'est à cause d'une fleur.

- Non, je veux savoir pourquoi ils ont appelé ?

Maintenant, elle tremblait vraiment, comme si sa patte s'était prise dans un mauvais piège. Il eut envie de la protéger dans ses grands bras. Ses mots trébuchèrent un peu.

- Ils... Ils ont dit qu'ils m'avaient oublié, qu'ils allaient venir me chercher. Que... Voilà.

Elle frissonna : des hommes allaient venir. Pas de la même espèce que lui. Elle ne les connaissait que trop, les rapides, les bruyants, les prédateurs. Elle remonta lentement la fermeture éclair de sa veste.

- Pourquoi une fleur ?

Il haussa longuement les épaules. A chaque seconde il était plus ours encore.

- Il paraît qu'elle empoisonne... Ça doit être celle-là, elle n'est pas arrivée depuis longtemps.

Il désigna une *Exfolia Alpina* d'un très beau jaune qui éclatait de santé à deux mètres d'eux. La renarde cria presque.

- Ce n'est pas vrai ! Hier encore j'en ai mâchonné une !

- Et moi j'en avais mis dans la daube, alors... Ce genre de choses, quand tu ne le sais pas, ça ne te fait rien.

Ils restèrent un instant silencieux puis furent secoués par un fou rire. Ce fut elle qui revint le plus vite à la réalité.

- Alors ils vont venir ?

L'ours ne répondit pas. Tous deux regardèrent le chemin en silence.

Quand elle empoigna son sac, il sut qu'elle allait partir. En deux pas il fut près d'elle. C'était la première fois qu'il osait.

- Par le chemin on débouche sur la route, ils vont passer par là. Je sais où passer par le col d'Estaque, là personne ne nous trouvera.

Tout était venu à la fois : le «nous», le projet, la solution. Il eut peur qu'elle bondisse sur le côté et disparaisse dans les rochers, comme une renarde. Mais elle ne bougea pas, elle attendait et le vent faisait frissonner sa tignasse rousse.

Tout alla alors très vite, il bondit sur son vieux sac de toile, y jeta une couverture rêche, un restant de daube empaqueté et quelques bouts de rêves, puis fut sur le chemin. La renarde montra ses belles dents et bondit dans ses pas. Quand l'ombre du pic Desparels fut sur le refuge d'Espélugues, ils étaient loin, sans un regard derrière eux.

La radio grésilla. L'adjudant-chef Moncasanier dut plaquer les écouteurs sur ses oreilles et hurler pour couvrir le bruit de l'hélicoptère qui redémarrait.

- QG pour Oscar Papa Tango Echo, répondez !

Oscar Papa Tango Echo pour OPTE, OPTE pour Opération Projetée en Territoire Ennemi... Il avait l'impression de jouer au boy-scout et avait vaguement honte d'appeler la montagne «Territoire Ennemi». Mais les huiles du régiment n'avaient pas forcément l'habitude de faire la guerre à des fleurs, alors... La réponse vint enfin.

- Oscar Papa Tango Echo, ici QG, votre rapport.

On peut rêver de sable chaud, de charges héroïques et de gloire pendant toute son enfance et finalement se retrouver envoyé dans un coin paumé des Pyrénées pour récupérer un vieil ivrogne de gardien de refuge, qui n'avait pas été foutu de suivre le mouvement général ! Moncasanier jura pour lui-même et résuma comme il avait appris à le faire.

- Refuge vide, individu introuvable. A vous.

Avec un peu de malchance, ce vieux fou de général allait lui faire fouiller le coin, et pourquoi pas sonder le lac. La réponse le soulagea.

- Reçu. Le type doit être en train de cuver quelque part dans la vallée. Vous pouvez rentrer.

L'adjudant bondit dans l'appareil et fit signe au pilote. Pendant que ce dernier s'affairait sur les commandes, un de ses hommes lui tapa sur l'épaule.

- Chef, ça se peut qu'il ait été bouffé notre gus : au bord du lac, il y a des traces de bêtes. Je m'y connais, c'était de l'ours et du renard...

Le sous-officier haussa les épaules : de toutes les manières, avec cette foutue fleur toxique, ours, renards et humains étaient également perdus. Et après eux, plus personne ne remettrait le pied ici avant des siècles.

L'appareil prit rapidement de l'altitude et le grand silence des origines revint sur les montagnes.

Cet ouvrage a été imprimé
par Présence Graphique
à Monts
en mai 2012

Deuxième édition

Dépôt légal : juin 2012
Premier dépôt légal : janvier 2012.
http://www.editions-refuge.com
Imprimé en France